詩集

ほたる

大西秀隆

砂子屋書房

＊目次

Ⅰ

II

装本・倉本　修

詩集　ほたる

I

命の息

やせ細った母の体
シワ一つなく
肌つやの良い母
笑顔がたえない
優しかった母

かすかに聞こえる
それは母の命の息
少し止まっては

又、ふり絞る様に息をする
時には荒々しく
又、静かに息をする

目を閉じたままで
ただ息をふり絞っては
吐き、吸っている
そのくり返し
命をつなぐ息

その息が少し止まるたびに
私の胸がしめつけられる
切ない気持ちをこらえ
帰路につく

涙が出て止まらない

お母さんがんばって
明日も息をして欲しいと
祈りつつ
夜はふけてゆく
眠れぬ朝を迎える

母のぬくもり

九十歳の母
目をつぶったまま
寝たきりの母

静かに息をしている
そっと寝息を聞く
安心した息づかい

今度は手を握ってみる

母のあたたかい
ぬくもりが
伝わってくる

にぎり返してくれないけれど
確かに伝わってくるものがある

白髪のかみの毛をさわってみる
やわらかい肌ざわりが心地よい

顔はシワがなく
まだ張りも有り
みずみずしい顔

朝、看護師さんが
差し出してくれた
あたたかいおしぼりで
顔をぬぐってあげる
すると母のほほにひとすじの涙が流れた

お母さん明日一月四日は
僕の誕生日だから
明日又、来るからね
お母さんがんばって

願いもむなしく
母は僕の六十七回目の
誕生日を待っていたように

夜静かに旅立ってしまった

かあさん

かあさんが九十歳で亡くなった
寝たままで
眠ったように
旅立って行ったかあさん

かあさんと僕とは
同じ戌年生まれでしたね
そしてかあさんは僕の誕生日と
同じ一月四日に亡くなった

世界でたった一人のかあさん
かけがえのないかあさん
好きだったかあさん

もう会えない
もう声が聞けない
かあさんと言っても
答えてもらえない

優しくて
いつもほがらかだったかあさん
かあさん僕が何年か先
亡くなったら

かあさん、又、僕を産んで
ください。
その時又、会いましょう。

母さんの味

春うららかに
筍味わえば
母さんの味を思い出します
ああ母さんの味

ほんのり甘い柏もち
思い出します
ああ母さんの味

祭りがくれば
思い出します
あの母さんの押し寿しを
ああ母さんの味

秋がくれば
思い出します
あの母さんのおいしい
おはぎです
ああ母さんの味

母さんの味は
遠くなりました
でも僕はおぼえています

母さんの味

いつまでもいつまでも
残っている
季節めぐれば
思い出す
ああ心に残る
今はなつかしい
母さんの味

灯ろう流し

よいやみに
水面《みなも》をてらし
流れゆく
母の灯ろう
悲しくみつめ

よいやみに
精霊宿し
流れゆく

たましいの明かり
ゆらりゆらりと
悲しく追う

よいやみに
読経のひびき
心にしみて
川を流れ、流れて行く
灯ろう流し

海に聞く

海辺にたたずむ私
家をのみこんでしまった津波
町をなくしてしまった津波
海の上を飛びかうかもめ
かもめよ教えてくれ
海にのみこまれた人達
みんなを

海に泳ぐイルカさん

知っていたら
教えてください
みんなが眠っている所を
泳いでいるところにいますか
みんなが

気持ちよく
大海原を泳ぐくじらさん
その大きな目で
眠っている人達を見かけたら
教えてください

たい　ひらめ　さば　かつおさん
君達がすみかとして

泳いでいる所にいたら
教えてください

海を深くもぐってゆく
深い深い海の底にいるかめさん
君達がすいすいと
泳いでいる所に
眠っている人達を見たら
教えてください

私は海に生きる君達に
聞いてみる
みんなが眠っている所を
私は今日も何かを求めて

海辺を歩く

潮騒の声

私は浜辺にたたずむ
家をのみこんだ津波
父や母　兄弟
みんなを
のみこんだ津波

寄せては返す波
そのさざ波の
潮騒にそっと

耳をすまして聞いてみる

かすかに聞こえてくる
その声は
みんなの命の声
悲しい声となって
聞こえてくる

そして今日も
私はたたずみ
みんな安らかにと祈る
みんな安らかにと

涙の泡

私は砂をふみ
浜辺をさまよう
寄せては返す波
寄せては返す波

そのさざ波の
白く泡立つ波
その白い泡は
みんなの涙の粒となって

みえてくる

悲しくも切ない浜辺に
みんな安らかにと
祈って
今日も私は浜辺に行く
気持ちが安らぐから

妻へ贈る言葉

妻のやさしい
言葉が好きだ
妻のおいしい
料理が好きだ
妻のかわいい
笑顔が好きだ
そんな妻はいとしい女

妻のうれしい笑顔

妻とのたのしい会話
いつも寄り添ってくれる
そんな妻はいとしい女

妻との絆を
もっともっと深めて
ずっと一緒に歩む
そんな夫婦でいよう

こころ

こころには
いろんなこころが
いっぱいつまってる
人をあいするこころ
人をいつくしむこころ
人をおもいやるこころ

こころには
いろんなこころが

あるんだよ
人をゆるせるこころ
人をきづかうこころ
人をほめるこころ
そんなひろい
こころの人は
きよらかなこころの人で
こころやさしい人よ
きっとしあわせを
よぶこころ

こころには
いろんなこころが
いっぱいつまってる

人をあいせぬこころ
人をにくむこころ
人を悪くいうこころ

こころには
いろんなこころが
あるんだよ
人をゆるせないこころ
人を気にしないこころ
人をさげすむこころ
そんな自分のことしか
考えない、せまいこころの人は
きたないこころの人で
さちうすく

しあわせ遠くなる
こころの人よ

ことば

ときにはことばたちは
さわやかな春の風の様に
あたたかくほほを
なでてくれる

やさしいそのことばたちは
優しい母の様に
いつまでもいつまでも
心に残り心あたためてくれる

ときにはことばたちは
つめたい冬の北風の様に
つめたくほほをさす

きびしいそのことばたちは
きびしい父の様に
いつまでもいつまでも
心に残り、心くもらせる

一人じゃない

ぼくは一人じゃない
いつもいつも愛する君がいる
そんな君は
いつでも寄り添ってくれる
ぼくは一人じゃない
いつもいつも愛する君がいる
そんな君は
いつでもそばにいてくれる
ぼくは一人じゃない

いつもいつも愛する君がいる
そんな君は
何かあれば付き添ってくれる
たまには文句を言ってもいい
そばにいてくれる
君がいれば
ぼくは幸せだ
添いとげてくれる
人がいれば
それで良い

ひたすらに生きる

私はこの世に生を受け
今ここにいる
今を生きている
今在る自分を大事にして
精一杯生きる

私は今この大地に生きている
大地の風を受け
大地の土を踏みしめ

太陽の光を受け
太陽の恵みを受けている

私は自然のなかで
自然の生き物達と
生きている
私の体はここに在る
今生きていることが
大切なんだ

他の生き物達も
ただひたすらに生きて行く
一生懸命生きて
誰かの役に立ち

生きている

私もただひたすらに
一生懸命生きて
何かの役に立ち
誰かの為になり
生きてゆこう

偶然の出会い

人はこのひろい
世界に
偶然という
渦のなかから
生まれてくる

何億、何十億と
人がいるなかで
人はただ

心かよう人を求め
さまよい歩く

人はただ
心ゆるせる
愛する人を求め
さまよい続ける

人はただ
たった一人の人との
出会いを求め
歩くのです

人はただ

ほんのわずかな
時のいたずらの
偶然という
出会いを求め
さまようのです

そして
人はただ
時が流れるように
偶然の渦のなかに
消えてゆく
偶然の渦に
のみこまれて
消えてゆく

きげん

ごきげんだね
ごきげんよう
と人は言うけれど
元気が良いから
気げんが良い
気げんが良いと
元気が良い
元気が良いと
気げんが良い

天気が良くないと
気げんが良くない
仲が悪いと
気げんが良くない

気げんが良いと
笑いが出る
笑うと
体に良いんだ

気げん良く過ごし
笑って明るく
過ごそう

そうすれば
みんなも明るくなるよ
人生楽しくなるよ

しあわせの詩

あなたのしあわせは
わたしのしあわせ
わたしのはんぶんを
あなたにあげます
あいのあかしに

あなたのしあわせは
わたしのしあわせ
わたしはひとなみで

いいから
あなたといっしょに
いたいのです

あなたのしあわせは
わたしのしあわせ
わたしはふつうで
いいから
あなたといっしょう
あるきたいのです

あなたのしあわせは
わたしのしあわせ
わたしはへいぼんで

いいから
あなたといっしょに
くらしたいのです

あなたのしあわせは
わたしのしあわせ
わたしはほどほどで
いいから
あなたと人生を
共にすごしたい

そうあなたのしあわせは
わたしのしあわせなのです

さくらのように

北風吹き雪積もる
寒い冬をこして
暖かくなると

さくらははなやかに
枝にいっぱいの
花を咲かせる

人を呼び寄せるように

人を引き付けるように
木に枝いっぱいの
花を咲かせる

短い命だけど
華やかに咲き
いさぎよく散ってゆく

それは緑濃い葉桜となって
やがて桜紅葉は
赤くもえて散ってゆく

それをくり返して
八十余年生きてゆく

何だか桜は
人の命と同じだね

ぼくも桜のように
華のある桜のように
人が寄ってくる
人に喜ばれる
そんな行き方をして
いきいきと生き
悔いもなく静かに
一生を閉じてゆくのだ

人の一生

人の一生は長いようで
短いものだ
人は一日一日を大事にして
一生懸命頑張れば
うまくいけば
うまくいくもんだ

人が一生で出会えるのは
限られている

だから自分をみがき
いろんな人と出会って
さえいれば
ひょっとすればひょっとする

人の一生は冬の日のように
短いものだ
一日一日を大切にしないで
無駄に過ごしていると
へたをすると
へたをする

だから後悔をしないように
生きてゆこう

待合室

ここは大病院の待合室
さすがに混んでいる
朝早くから待っている人達
朝、六時一五分に受付したよと
言っているおばさん
ぼくも、もう四時間も待っている
みんなどことなく疲れた顔をしている
待ちくたびれた人
ねている人

落ちつかない人
顔色の悪い人
手もちぶさたにツエで
遊んでいる老人
歳の割りにふけた人
付き添って来ている人
付き添われて来ている人
とにかくほとんどが老人だ
いろんな人の人間模様をみている
私は元気で老後を
すごさねばならない
やっと私の番がやってきた

黄昏《たそがれ》

たそがれてゆくも
今日も一日暮れてゆく
きびしい残暑も終わり
めっきり秋めいてきた
ひぐらしの声がやけに
むなしく聞こえてくる
季節はめぐり
月日のたつのも早いものだ
いつの間にか

私にも老いがきた
人生ははかないものだ
死して墓なくばなおさら
はかないもの
さりとて墓建てれども
墓守《はかも》りしてくれる人なくば
なおさらはかないものだ
今を楽しく生きようと
してみても
何故かむなしく
日々が過ぎてゆく
はからずも我が人生
思うようにははかどらず
はかばかしくいかないものだ

しかし、今をこれからの人生を
悔いなく、充実させて
楽しく生きて行こう

母とお人形さん

年老いた母
白髪だらけの母
やさしい母さん
料理好きな母さんだった
そんな母だけどもう
ぼけてしまって
何もできない
母とは話しをしても
かみ合わない

会話にならない
だが、母はお人形さんが
好きだ
かわいいお人形さんを抱いて
いつもほほえんでお人形さんに
話しかけている
だから家にいても
お人形さんと一緒で
寂しそうではなかった
何をお人形さんと
話しているのか
まるで少女のようだ
楽しそうにあやすように
話しをしている

子供の頃に戻ってしまった
母さんだけどいとおしくさえ思えてしまって

II

お池のかめさん

お池のかめさん
ぽつぽつと降って来た雨に
おどろいて池に入った
かめさん

ごろごろと
鳴りひびくかみなりさんに
おどろいて水にもぐった
かめさん

ひらひらと
落葉が舞い散り
あたまかぶさり
池にもぐった
かめさん

ぽかぽかと
お陽さまが気持ちよく
眠ってしまった
池のかめさん

ほたる

川辺に集まるほたる
よいやみにほのかな明かりを
灯すほたる

灯しては消え
灯しては消える
はかないほたるよ

舞っては止まり

又、舞ってゆくほたる
そのほたるにそっと近づくと
ほたるは私の手のひらで
遊んでいる
ひとときの友達になって
くれたように

そして別れていくように
やみ夜に消えていく
はかないほたるよ

その夜私は
螢火にいやされ
眠りにつく

ツバメの挨拶

病室の窓辺は
すがすがしく
さわやかな朝だ

ベランダに一羽のツバメが来た
そして私を見つめた

ツバメはにっこりと
朝の挨拶をしたようだ

また一羽となりに止まった
二羽はうなずきあい
そして又、私に挨拶をした

三羽めのツバメが来て
朝の挨拶をしているようだ

四羽めのツバメが又、飛んできた
又、挨拶を交わし
四羽が一緒になって
私にほほえんだ

四羽は変わるがわる

場所を変えて遊んでいた
そして一羽づつ大空へと
勢いよく飛んでいった
私もツバメのように
大空をはばたいて行きたい

磯ひよどり

朝もやに
ひびきわたる
すんだ声は
海の香りの
磯ひよどり

昼さがり
磯から町へ
とんできた

青い色した
磯ひよどり

散歩道
聞こえてくるよ
ツッピーコピー
町をとびかう
磯ひよどり

たけのこ

ぼくらたけのこは
あたたかくなると
土の中でまるまる太って
ニョッキリ地面へ
出てくるのさ

仲間と一緒に頭を
出すんだよ

やっと頭を出して
お陽さまがあたたかくて
お空が青く
気持ちがいいね

そしたらカマを持った
人がやってきて
バッサリ切られて
涙が出ちゃう

なんまいもなんまいも
重ね着した
お服をはがされて

仲間と一緒に
くつぐつぐつぐつ
煮こまれて
今が食べ頃だと言って
食べられちゃうよ

ぞうさん（I）

ぞうさんぞうさん
ぞうさんは体が大きいね
すごい力持ちだね

足も太くて大きいよ
その体でゆっくりゆっくりと
歩き、えさを食べる

ぞうさんは家族みんなで

はなれずに生きていて
とっても仲がいいんだ

兄弟なかよく暮らしていて
みんなの絆が
強いんだ

ぞうさんはとっても
頭が良いんだよ

ずっと、ずっと昔のこと
会った人を
しっかりとおぼえている

津波もわかるんだ
やってくる前に
みんなで逃げるよ

ぞうさんはしんが強いし
思いやりがあるんだよ

仲間が弱ったら
みんなで待っている

ぞうさんは病気になって
死にそうになったら
ぞうさんの墓場へと

一頭でとぼとぼと
歩いていって

ひたすらみんなに
めいわくをかけないように
後ろをふりむかず
歩いて行く

ぞうさんは一生を
ゆったりとゆったりと
生きている

そうしてぞうさんは
一生を終わっていくんだ

パンダくん

森の中から
やってきた
不思議の国から
やってきた
まあるい顔した
パンダくん
もっこり太ったパンダくん

森の中から

やってきた
不思議の国から
やってきた
おもしろい顔した
パンダくん
たれ目でかわいい
パンダくん

不思議の国の
パンダくん
むかし、白くまくんが
森へ行き
森のくまさんと
なかよくなった

そしたら神様のつかいの
白黒パンダが
生まれたのかな
かわいい、おかしい
パンダくん

一年生

一年生が帰ってくる
仲よく話しを
しながら楽しそうに
歩いてる
学校の帰り道の通学路
お母さん達が
お迎えに待っている

お母さんは喜んで

子供を抱きあげた

子供はお母さんの愛を
全身に受けとめて
幸せそうな顔してる

あの子は大きくなったら
何になるんだろう
夢ふくらませて

あの子にはあの子の
夢がある
あの子の未来がある
夢かなえる

人生の扉が開いているよ
お母さん達
子供を健やかにそだてて

カピバラ親子

のんびりやのカピバラ
日本っていいな
温泉っていいな
あったかいな
ポカポカポカポカポカポカあったまる　これが最高
何とも言えない気持ちよさ

ぼくら故郷には
こんなとこなかった　ああ幸せだ

もうちょっと入っていよう

何だ何だよ
他のネズミ達は
チョロチョロしてて
せかせか生きてよ

俺たちみたいにもっと
ゆったりゆったりとして生きてよ
と言ってるカピバラ達

それを見て
うらやましがっている人達がいる

ネズミの朝（渋谷編）

ぼくは都会のネズミ
テリトリーは渋谷
ここは忠犬ハチ公の
まわりだ
ここにはいろんな
人達が集まり
夜通し遊んでいる

朝がくると

ここはぼくらネズミの
コーヒータイムだ
コーヒー、コーラ、ジュースの
カップが置いてある
ここはぼくらのカフェテラス
さあモーニングだ

疲れた人間たちが
座っている
時間つぶしに
話をしている人間がいる
だけど彼らはぼくらが
チョロチョロしてても
頓着ないまま座っている

そのすぐ横で
モーニングだ
人間さまの飲み残しの
カップのソフトドリンクを飲む
これがうまい、実にうまい

ここは人間たちの交差点
人間たちの集まる所
ぼくらみたいにせかせかと生き
動いている
人間たちの一日が始まる
忠犬ハチ公さまに感謝
ありがとう
そうじのおじさん、おばさん達が

来たから退散するとしよう

クジラの親子

クジラよクジラさん
こんぺきのどこまでも
広い大海原を
ゆったりゆったりと泳いでいく
クジラの親子
クジラよクジラさん
この広い地球の半分以上の海を
北から南へ
西から東へと

ノンビリノンビリと旅している
クジラの親子

クジラよクジラさん
この広い広い海を
深くもぐって泳ぎ
旅しているクジラさん
君たちは知っていますか
愚かな人間たちの
戦さの残がい
悲しい沈没船、飛行機
悲しい戦争の歴史
海の墓場を
それらをいつまでも

見守り、とむらって
ください、クジラさん

ぞうさん（Ⅱ）

ゾウさん　ゾウさん
なんて、やさしいんだ
そのひとみ
ゾウさん　ゾウさん
なんて大きいんだ
のっしのっしと歩いている
ゾウさんに会うと
いやされる
人はゾウさんに会うたびに

いやされる
特に人は人生で
ゾウさんに　五回あって
いやされる
一度めは小さいときに
親につれられて
びっくりする
だけどホッとする
二度めは修学旅行で
同窓生と見て
たのしんだ
三度めは恋人と
一緒に見ていやされる
四度めは子供と

一緒に見ていやされる
五度めは孫と
一緒に見ていやされる
一人の時には
ゾウさんに語りかけ
悩み、苦しみを
聞いてもらい、いやされる
ゾウさん、いっぱい食べて
いっぱいうんちして
長生きしてね
ゾウさん

跋文

限りないやさしさと安らぎを求めて

中久喜輝夫

三島市には、一九七八年（昭和五十三年）創刊の文芸誌「文芸三島」があります。創刊号の詩の選者は、今年ご逝去された大岡信先生であり、その後、故大井康暢先生に引き継がれ、二〇一二年より私が選者を務めることになりました。二〇一二年発刊の第三十五号に応募し、文芸三島奨励賞を受賞した大西さんの詩が「お池のかめさん」という作品です。

お池のかめさん

お池のかめさん
ぽつぽつと降ってきた雨に
おどろいて池に入った
かめさん

ごろごろと
鳴りひびくかみなりさんに

おどろいて水にもぐった
かめさん

ひらひらと
落ち葉が舞い散り
あたまかぶさり
池にもぐった
かめさん

ぽかぽかと
お陽さまが気持ちよく
眠ってしまった
池のかめさん

大西さんとは、この詩との出会いが初めてでした。これは三島大社の心字池に生息するかめさんののどかな風景を描いたものと推定されます。子供の心で、純真な子供の目でそのまま眺め、感じたことを素直にリズミカルに描いた詩であり、読者にメルヘンの世界を想起させ、安堵感に似た不思議な安らぎを覚えます。この詩に出会った時に、一読して小学生が投稿されたのであろうと推察していましたが、毎年十二月に開催される「文芸三島表彰式」に参加された大西さんと初めてお会いし、私と同世代の方であることを知り驚いた次第です。

その後、大西さんは、「命の息」（三十六号）、「母のぬくもり」（三十七号）、「海に聞く」（三十八号）で文芸三島奨励賞を授与されました。その中でも、愛しい母との今生の別れを描いた「母のぬくもり」は作者の母を思う気持ちが切々と伝わり、読者の涙を誘います。

母のぬくもり

九十歳の母
目をつぶったまま

寝たきりの母

静かに息をしている
そっと寝息を聞く
安心した息づかい

今度は手を握ってみる
母のあたたかい
ぬくもりが
伝わってくる

にぎり返してくれないけれど
確かに伝わってくるものがある
白髪のかみの毛をさわってみる

やわらかい肌ざわりが心地よい

顔はシワがなく
まだ張りも有り
みずみずしい顔

朝、看護師さんが
差し出してくれた
あたたかいおしぼりで
顔をぬぐってあげる
すると母のほほにひと滴《すじ》の涙が流れた

お母さん明日一月四日は
僕の誕生日だから
明日又、来るからね

お母さんがんばって

願いもむなしく
母は僕の六十七回目の
誕生日を待っていたように
夜静かに旅立ってしまった

入院されておられる高齢の母親を見舞う作者のやさしい心情が素直に吐露された詩です。寝たきりの母親の静かな寝息を聞き、母親のまだあたたかい手のぬくもりを感じながら、あるいは白髪の髪の毛に触れながら、まだ生きているという実感を得て安堵する作者。あたたかいおしぼりで顔をぬぐってあげた時に、母親のほほに流れたひとすじの涙。母親は作者の誕生日を待ちながら、ちょうどその日に九十歳で息を引き取ります。最愛の母はその時いったい何を思い浮かべていたのでしょうか。

さて、本詩集は、Ⅰ部二十一編、Ⅱ部十二編の詩から構成されています。Ⅰ部は、作者の母親への慕情が中心となっていて、作者の生きる糧としての透明感あふれる哀しみと人生観が素朴なリアリティをもってやさしく表現されています。また、II部は、作者が出会った生きものと心を通わす様々な風景が愛情豊かに、限りなくやさしく、かつ微笑ましく描かれていて、いずれも読者が共感を誘われる感銘深い作品です。表題作の「ほたる」は、まさに本詩集を象徴的に表現した詩であるということができます。

ほたる

川辺に集まるほたる
よいやみにほのかな明かりを
灯すほたる
灯しては消え
灯しては消える

はかないほたるよ
舞っては止まり
又、舞ってゆくほたる
そのほたるにそっと近づくと
ほたるは私の手のひらで
遊んでいる
ひとときの友達になって
くれたように

そして別れていくように
やみ夜に消えていく
はかないほたるよ

その夜私は

螢火にいやされ
眠りにつく

ヒトの魂のように灯しては消え、灯しては消えるはかないほたる。ほたると戯れる孤独な作者の姿が描かれていますが、これは作者が亡き母あるいは自分の亡霊と戯れる姿でもあるかも知れません。メルヘン風ですが、極めて幻想的な詩でもあります。

一方、大西さんは画家でもあります。自宅一階に画廊を構え、自作品を常時展示しており、誰でも無料で鑑賞可能です。西伊豆から眺望した駿河湾を含む秀麗な富士山や西伊豆の海の赫奕たる夕焼けの風景画などが展示されています。パステル画が主であり、大西さんの詩と同じように、素朴で言い知れない懐かしさを醸し出す風景が描かれており、深い感動を誘う作品ぞろいです。絵は独学ということですが、プロ並みの能力に驚きます。

本詩集『ほたる』は大西さんの処女詩集です。大西さんの詩をいくつか紹介しましたが、それらの詩に描かれているように大西さんは子供のように純粋で真直ぐな心を持った、生まれながらの詩人であると言っても過言ではありません。
戦後七十数年経過し、今や人生九十年～百年の時代。日本は世界トップクラスの長寿国となり、働く年齢も十年延びています。世界中のあらゆる情報が同時に、一気に飛び込んでくるインターネット時代の中で、私たちは過多の情報に翻弄され、言い知れないストレスや不安を感じながら日々を過ごしています。今、現代人は食べ物もまともになかった時代と比較して人間としてどれだけ幸せになったのでしょうか。物質的には恵まれた時代ですが、あくなき競争を進めてきた結果が現在の格差社会であり、粉末社会であり、かつ混迷の度が増す不安に満ちた社会です。私たちはもう一度原点に返り、謙虚に現代社会を見つめ直すことが求められています。このような時に、大西さんの素朴で純真な詩の世界を十分に味わっていただき、いったい人間の幸せとは何なのか、ということに思いを巡らす契機にしていただけたら嬉しく思います。その意味で、限りないやさしさと安らぎをあたえる本詩集を、子供を含めて老若男女を問わず、多くの皆様にお読みいただけたらこの上ない喜びです。

（前静岡県詩人会会長）

あとがき

このたび、いままで長い間書き綴ってきた詩作品を、『ほたる』と題して上梓いたしました。私の第一詩集です。

私もすでに、古稀を過ぎる年齢となり、亡き母への深い思い、慕情を詩にしました。また、様々な動物たちに、身近に接して、かれらに寄り添う気持ちで詩にしてみました。

この本をお読み頂いた読者の皆様の心にいくらかでも通じて頂ければ幸です。

この本を上梓するにあたりましては、前静岡県詩人会会長である中久喜輝夫先生にたいへんお世話になりました。出版の知識もなく困惑しておりました私に、懇切丁寧な御指導をいただき、選詩から構成に至るまですっかりお手を煩わせてしまいました。そればかりかご多忙にもかかわらず、跋文まで書いていただき、身に余る光栄です。

また、いままで私の人生で出会えた恩師の先生、多くの友人たちにもこの場を借りて感謝を申し上げます。

最後になりましたが、この本を上梓するに際しいろいろとお世話になりました砂子屋書房の田村雅之さんと装丁の倉本修さんに御礼申し上げます。

二〇一七年八月朔日

静岡県詩人会会員　大西秀隆

ほたる　大西秀隆詩集

二〇一七年十一月三日初版発行

著　者　大西秀隆
静岡県三島市中田町四―十九　アートハウス3F（〒四一一―〇八三八）
電話　〇九〇―四一一三―九九三五
発行者　田村雅之
発行所　砂子屋書房
東京都千代田区内神田三―四―七（〒一〇一―〇〇四七）
電話〇三―三二五六―四七〇八　振替〇〇一三〇―二―九七六三一
URL http://www.sunagoya.com

組　版　はあどわあく
印　刷　長野印刷商工株式会社
製　本　渋谷文泉閣